U0100954

DEINONYCHUS 恐爪龙

PROTOCERATOPS 原角龙

LAMBEOSAURUS 赖氏龙

POLACANTHUS 多刺甲龙（钉背龙）

CRYOLOPHOSAURUS 冰脊龙

AMARGASAURUS 阿马加龙

SPINOSAURUS 棘龙

GORGOSAURUS 蛇发女怪龙

SUPERSAURUS 超龙

QUETZALCOATLUS 披羽蛇翼龙

DEINONYCHUS 恐爪龙

PROTOCERATOPS 原角龙

LAMBEOSAURUS 赖氏龙

POLACANTHUS 多刺甲龙（钉背龙）

AMARGASAURUS 阿马加龙

CRYOLOPHOSAURUS 冰脊龙

SPINOSAURUS 棘龙

GORGOSAURUS 蛇发女怪龙

SUPERSAURUS 超龙

QUETZALCOATLUS 披羽蛇翼龙

家有恐龙系列

恐龙是怎样

吃饭的？

KONGLONG SHI ZENYANG CHI FAN DE?

[美] 简·约伦 编文　[美] 马克·蒂格 绘

任溶溶 译

接力出版社
Publishing House

桂图登字：20-2007-053

HOW DO DINOSAURS EAT THEIR FOOD? By Jane Yolen
Text copyright©2005 by Jane Yolen
Illustrations copyright©2005 by Mark Teague
Published by arrangement with Scholastic Inc.,
Simplified Chinese translation copyright©2008 by Jieli Publishing House
ALL RIGHTS RESERVED
本书中文简体版权由博达著作权代理有限公司代理

图书在版编目（CIP）数据

恐龙是怎样吃饭的? ／（美）约伦编文；（美）蒂格绘；任溶溶译.—南宁：接力出版社，2007.12
（家有恐龙系列）
ISBN 978-7-5448-0146-1

Ⅰ.恐… Ⅱ.①约…②蒂…③任… Ⅲ.图画故事－美国－现代 Ⅳ.I712.85

中国版本图书馆 CIP 数据核字（2007）第 181069 号

责任编辑：吕瑶瑶	社　址：广西南宁市园湖南路 9 号	经销：新华书店
美术编辑：卢　强	电　话：0771-5863339（发行部）	印制：北京尚唐印刷包装有限公司
责任校对：张　莉	0771-5866644（总编室）	开本：889 毫米×1194 毫米　1/16
责任监印：梁任岭	传　真：0771-5863291（发行部）	印张：2.25　字数：20 千字
版权联络：钱　俊	0771-5850435（办公室）	版次：2007 年 12 月第 1 版
媒介主理：马　婕	网　址：http://www.jielibeijing.com	印次：2007 年 12 月第 1 次印刷
出版人：黄　俭	http://www.jielibook.com	印数：00 001－10 000 册
出版发行：接力出版社	E-mail：jielipub@public.nn.gx.cn	定价：13.80 元
邮　编：530022		

给小戴维——他是一只了不起的小恐龙。

　　　　　　　　——简·约伦

给迈克尔·卡瓦诺。

　　　　　　　　——马克·蒂格

恐龙是怎样
吃饭的？
他会一个劲儿地
打嗝吗？
他会吧嗒吧嗒发出
难听的声音吗？

CRYOLOPHOSAURUS

他会吃上两口麦片，

就把杯子

扔到地上，

让别人
帮他
捡起来吗？

他会在椅子上不好好坐，
动来动去、扭来扭去吗？

他会像玩杂技那样把面条
抛向天花板吗？

它会是
一副怒气冲冲的
样子吗？

恐龙是

怎样吃饭的?

他会咬两口

花椰菜

就吐掉吗?

他会用他的牛奶
吹泡泡吗？

他会把豆角

插在鼻子上吗？

GORGOSAURUS

他会用他的大脚趾挤

多汁的橘子吗？

POLACANTHUS

不，不会，不会……
他一开口就说"请"和"谢谢"。

他坐得十分安静。

他会笑嘻嘻地把面前的食物
快快活活地吃个精光。

没吃过的

东西

他都要尝尝，

至少吃一点。

他吃东西

从不发出声音——

吃东西发出声音就没规矩了。

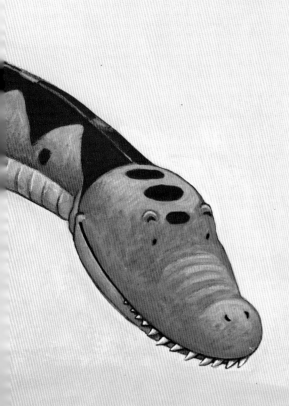

他从不
把东西
弄到地上。
东西吃完后，
他才会
再要一点。

吃吧。
吃个饱吧，小恐龙。

DEINONYCHUS 恐爪龙

PROTOCERATOPS 原角龙

LAMBEOSAURUS 赖氏龙

POLACANTHUS 多刺甲龙（钉背龙）

AMARGASAURUS 阿马加龙

CRYOLOPHOSAURUS 冰脊龙

SPINOSAURUS 棘龙

GORGOSAURUS 蛇发女怪龙

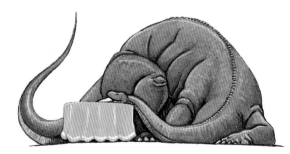

SUPERSAURUS 超龙

QUETZALCOATLUS 披羽蛇翼龙

DEINONYCHUS 恐爪龙

PROTOCERATOPS 原角龙

LAMBEOSAURUS 赖氏龙

POLACANTHUS 多刺甲龙（钉背龙）

CRYOLOPHOSAURUS 冰脊龙

AMARGASAURUS 阿马加龙

SPINOSAURUS 棘龙

GORGOSAURUS 蛇发女怪龙

SUPERSAURUS 超龙

QUETZALCOATLUS 披羽蛇翼龙

就连藏在角落里的零食也一点儿没剩。

“得去买些吃的了。”露露说。

　　于是，她马上列了一张购物清单，提着
菜篮就出发了。

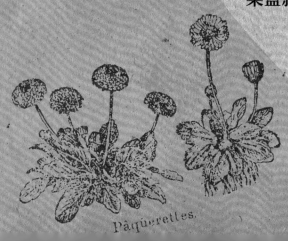

路上，露露创作了一首歌。

我出发了，嘟嘀嘟！
去菜市场，嘟嘀嘟！
买买买，嘟嘀嘟，美味的食物！

　　菜市场香喷喷的，到处摆着好看的和好吃的，有奶酪、鱼、蔬菜、水果，还有鲜花。不过露露只买了清单上的东西。

　　"好啦，买齐了！"

带着满满的菜篮，露露骑上摩托车朝家里开去。

不一会儿，她遇见了一只小鸟。

"你好，小鸟！今天过得怎么样？"

小鸟看起来很累："不太好，连只塞牙缝的小虫都没捉到。"

"噢，别担心！"露露说，"我这儿有好吃的草莓。"

于是，她把草莓给了小鸟。小鸟叼起来就飞走了。

"菜篮里还有生菜、面包、香蕉、奶酪和猕猴桃，够我吃了。"

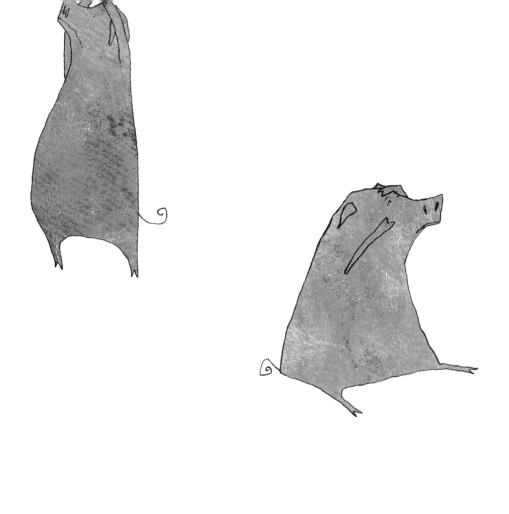

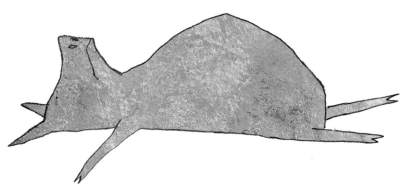

走了没多远，露露遇见了小猪。它看起来很难过。

"小猪，你好！今天看起来很没精神呀。"

"运气真不好！我好可怜，好惨哪！"小猪抱怨，"我到现在都没吃到点心呢。"

"我这儿有香蕉，想吃吗？"露露说。

于是，小猪又有了笑容，带着露露的香蕉离开了。

"菜篮里还有生菜、面包、奶酪和猕猴桃，够我吃了。"

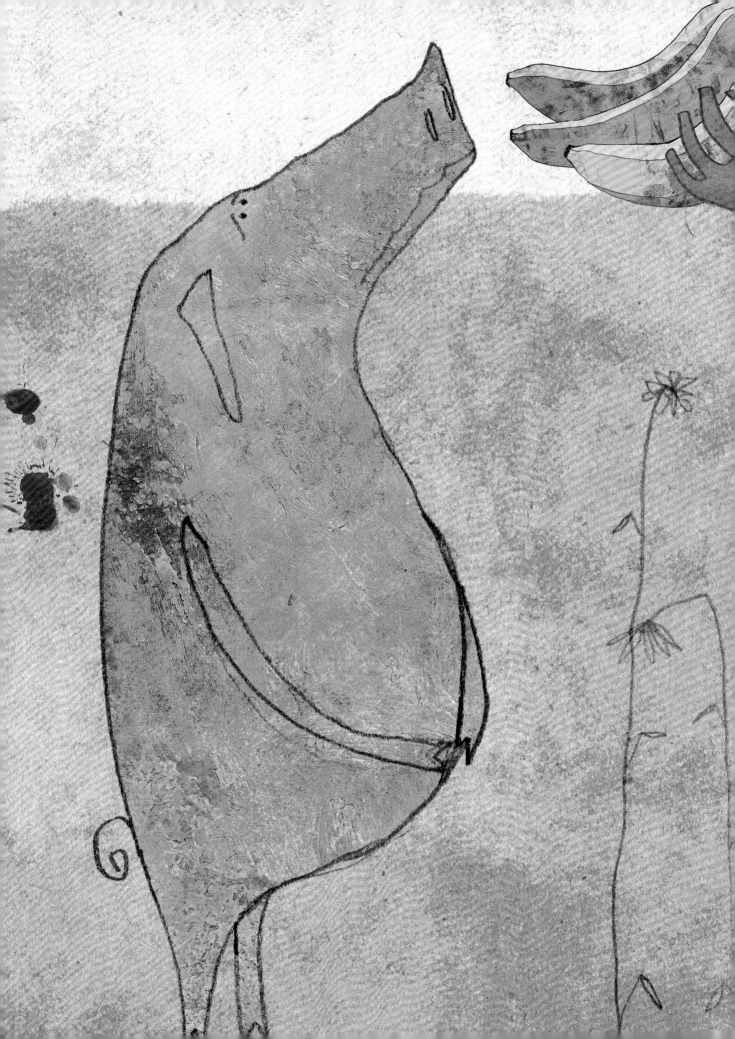

刚回到车旁，露露就看见两只狗在闻来闻去。

"你们好，小狗！你们丢东西了吗？"

"没有，不过我们也没找到什么。"其中一只回答。

"什么都没找到。"另一只狗伤心地说。

于是，露露忍不住拿出了面包，结果它们很快就消失得无影无踪。

"菜篮里还有生菜、奶酪和猕猴桃，够我吃了。"

不久，露露看见小兔子，就停下车打招呼。

"亲爱的小兔子，你今天怎么不蹦蹦跳跳的呢？"

"肚子咕噜咕噜叫，我跳不起来呀。"小兔子说。

"要是我给你生菜，你就能蹦蹦跳跳了，是吧？"

于是，露露把生菜给了小兔子。小兔子带着生菜蹦蹦跳跳地离开了。

"还好，菜篮里还有奶酪和猕猴桃，够我吃了。"

露露回到家，刚停好车，就看到狐狸在马路对面朝她招手。

"邻居，你好呀！"它说，"好漂亮的菜篮！一定是刚从菜市场回
来吧……"

露露看了看菜篮。"我只有奶酪和猕猴桃了。"

"我只要一点儿奶酪就够了，"狐狸说，"猕猴桃你留着吧。"

于是，它拿上奶酪就走了。

终于回到了家。

露露洗了洗手，收拾好餐桌，然后，把猕猴桃切成两半，摆到盘子上。

她看着猕猴桃，肚子里有个小小的声音对她说："好像有点儿不够……"

突然，咚——咚，咚咚咚，咚咚咚。

露露慢慢地离开餐桌，走到门口。你猜她看到了谁——

"我先飞到小狗那里，又一起找到了小猪。然后，我们四个跟着蹦蹦跳跳的兔子去了狐狸家，它正准备独自享用美味的奶酪呢！"

"我们觉得，聚餐的话，六个刚刚好，要是加上露露，凑成七个，就更棒了！所以，我们就来找你啦！"

露露很高兴能在家里招待朋友。

她把餐桌和七把椅子搬到花园里，铺上最漂亮的桌布，摆上
一瓶美丽的花。

大家都坐下来，一起享用露露买来的美食。

露露觉得好幸福。

吃完了，大家跳舞，还创作了一首歌：

露露，露露！
你知道她的菜篮里有什么吗？
全是美味的食物呀！

露露，露露！
她要是从菜市场回来遇见你，
准会给你好吃的！

整个晚上，他们都在尽情地唱啊、跳啊。

不过，太阳一升起来，大家又饿了……

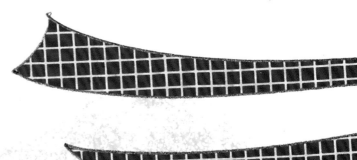

露露的菜篮
Lulu de Cailan

出品人：柳 漾
项目主管：石诗瑶
策划编辑：柳 漾
责任编辑：陈诗艺
助理编辑：曹务龙
责任美编：潘丽芬
责任技编：李春林

图书在版编目（CIP）数据

露露的菜篮／（法）克里斯·迪·贾科莫著、绘；李旻谕译. 一桂林：广西师范大学出版社，2018.11
（魔法象·图画书王国）
书名原文：Le panier de Lulu
ISBN 978-7-5598-0586-7

Ⅰ．①露… Ⅱ．①克…②李… Ⅲ．①儿童故事－图画故事－法国－现代 Ⅳ．① I565.85

中国版本图书馆 CIP 数据核字（2018）第 002631 号

广西师范大学出版社出版发行
（广西桂林市五里店路 9 号 邮政编码：541004）
网址：http://www.bbtpress.com
出版人：张艺兵
全国新华书店经销
北京尚唐印刷包装有限公司印刷
（北京市顺义区牛栏山镇腾仁路 11 号 邮政编码：101399）
开本：889 mm × 1 150 mm 1/16
印张：2 插页：8 字数：26 千字
2018 年 11 月第 1 版 2018 年 11 月第 1 次印刷
定价：39.80 元